岭南方志

广东人民出版社

·广州·

大衢观志

校注

著

图书在版编目（CIP）数据

天空的出口 / 辛星著．—广州：广东人民出版社，
2024.1

ISBN 978-7-218-17083-1

Ⅰ.①天… Ⅱ.①辛… Ⅲ.①诗集—中国—当代
Ⅳ.① I227

中国国家版本馆 CIP 数据核字（2023）第 208466 号

TIANKONG DE CHUKOU

天空的出口

辛星 著

出 版 人：肖风华

责任编辑：李力夫
责任技编：吴彦斌 周星奎
封面绘图：王梦然

出版发行：广东人民出版社
地　　址：广东省广州市越秀区大沙头四马路 10 号（邮政编码：510199）
电　　话：（020）85716809（总编室）
传　　真：（020）83289585
网　　址：http://www.gdpph.com
印　　刷：北京博海升彩色印刷有限公司
开　　本：880mm×1230mm　1/32
印　　张：3　**字　　数：**80 千
版　　次：2024 年 1 月第 1 版
印　　次：2024 年 1 月第 1 次印刷
定　　价：42.00 元

如发现印装质量问题，影响阅读，请与出版社（020-85716849）联系调换。
售书热线：（020）87716172

辛星，1990年生于山东青岛。
俄罗斯下诺夫哥罗德格林卡
国立音乐学院小提琴表演艺术博
士、艺术学博士，西南交通大学
人文学院讲师。2019年出版个人
诗集《向死而生》。

目　录

二零一九

二零二零

你将看到大悲苦，并将在悲苦中领悟幸福。

———陀思妥耶夫斯基

卉
一
章
一

印象

傍晚，我走在林间小路

飘忽的身形清扫过落叶

和濒死的沙鸣

昆虫在暗处觅食

一口一个秋天

它们说，整个世界就是这样吃饱的

年轻妇人在不远处抱紧孩子

收容我即将倾覆的目光

一股非自然的吸引力缩小了自然的范围

她的一举一动

包括粘在鞋底的生活的残余

经过人们反复确认后显出某种情绪

她还不清楚，不在乎

只觉得有什么东西于她冷冽的印象里

早早终结掉了

像风吹一秋天

落叶枯黄

竟不如我新添的白发好看

悼念一位天使和她的悼念者 [1]

哀悼

空气凝滞

♮so——♮re——♮la——♮mi

♮mi——♮la——♮re——♮so——

so

振动——震颤

1　　小提琴协奏曲《悼念一位天使》是奥地利作曲家贝尔格为女孩玛侬所作。玛侬是贝尔格的忘年交，患有小儿麻痹，18岁那年离开了这个世界。同年，贝尔格在悲痛中写下这首作品，数月后死于败血症。

——展开——依次地

——四根空弦——死亡无形的波浪

抖落生命弥留指间的碎屑

一些人性得以留存

一些情感有了活命的可能

♭si——♯fa——♮do——♯so

♯so——♮do——♯fa——♭si——

si

青春——天使成名的舞曲

意味着新鲜，可口

以及饕餮者时而动容

时而淡漠的调情：

果子熟了——涩……

果子烂了——涩……

果子酸涩难咽——成了！

♮re——♮la——♮mi——♮si

♮si——♮mi——♮la——♮re——

re

悼念者从阴天的裂缝里挤过

负着无序的冰

没有石刀，只有空气刀刃

死亡慷慨的祝词应出痛感的真实

悼念者不熟练地包扎好思绪

创口与创口的重合之处

行满歌斐木造的方舟

♭mi——♭re——♮so——♮fa

♮fa——♮so——♭re——♭mi——

mi

天使降临，天使飞升

舒展麻木的双腿

空中——出于幻想

空中——出于对幻想的否定

这种俯视一切的观赏行为

将永远作为最后一次

随心所欲

泛开在四根弦上的

痉挛

——♮so——♭si——♮re——

♯fa——♮la——♮do——♭mi

♯so——♮si——♯do——

♭mi——♮fa

哀悼，哀悼吧

悼念者为天使铺展开十二级灵的阶梯

随后，他便亲自走了上去

踢石头的存在主义者

经验告诉我，不要相信经验

我信任它

我毫无经验地活着

除行动以外

再无真实，再无谎言

假如我踢到一块石头

我不能期待有喊"疼"或"救命"的声音

这个世界不会因为有人踢到一块石头

陷入绝望的疯狂

密集的沉默却也挨不过短短的瞬间

但我的确踢到被人们称作"石头"的

一种不规则的坚硬物

它迅速远离了我，翻滚、雀跃、消沉

远离了原先的目的

（如果存在这种目的）

我清楚地知道

这种"远离原先目的"的运动将持续下去

我的人生轨迹也将持续做出改变

一种先验的、陌生的自由

支配着我的一系列行动，证明我的存在

我因此找到为人的乐趣

并对一块无法感受痛苦的石头

表现出应有的理解与同情

——可随即便忘了它，一味猛地转身

迎向半空中突兀的——（砰！）

11

甲目

理念即精神

"这个世界将被重新定义"

"他撒谎……他说出了真相"

"我理解你们的心情"

"谎话连篇的真相"

"但我必须说——理念即精神"

"他必须承认犯罪——立刻！"

"梅西安用理念将时间终结了[1]"

"一只熔化的怀表沿逆时针方向旋转……"

"难道我表达得不够清楚？"

"难道他不清楚他的表达？"

1　　二战期间，法国作曲家梅西安在纳粹集中营创作了四重奏《时间终结》。

"梅西安用理念将时间终结啦！"

　　　　　　　　"死亡需要活人伴奏，奏鸣一群人的死亡"

——♮si——♮fa——si——fa

——si——fa——si——fa——

"你们的呼吸太过均匀

你们的表情却是疑惑的表情

你们的额头怎会没有渗血的汗水"

　　　　　——♮si——♮fa——si——fa——

"你们的膝盖竟还不能习惯人性的颤抖"

　　　　　——♮si——♮fa——si——fa——

"你们啊你们"

　　　　　　"我们啊我们，不是一群人的死亡"

"我再说一遍

这个世界将被重新定义

——再一次——理念即精神！"

"他用一大一小两把提琴

一架钢琴、一支单簧管——他说

梅西安便是如此用理念将时间终结的"

倾斜

生命的泥委弃在地面上，不生乔木，只生野草，这是我的罪过。

——鲁迅

夜的倾斜扑向我残余的视野

扑向我残余视野里拥挤的亏空

向前——

一个漫长的过程从中走出来

同时向后——

一个漫长的过程步入其中

想必有一种终结可以代替我回答

想必有一种回答可以代替我终结此种回答

一个人的在场什么都肯定不了

当夜的倾斜扑向我

当一切摇摆不定的起源扑向夜的轻逸的麦束

我却重新握住对诗歌的厌恶写诗

写我如何爱人

——重新爱人

负下一场接着一场淅沥的淫欲

时间过早停止了双向散步

而我什么都肯定不了

除了爱人——重新爱人

——重新肯定不了——重新爱人

当夜的倾斜扑向我

当我本是一个过程

倾斜的过程

信仰

我饿得发慌

口干

舌也燥

仿佛一只没有领空

没有栖息地的

鸥鹕

又好像风暴中

狂舞的忍者

来不及寻索树荫的裙摆

怎地飘然灵动

直至遥远过亚伯拉罕

山居

知一的

难南的

她会快乐的

"医生说，这些白色药片

是为了让我能感到快乐……"

她重复医生的话，牙齿不失时机地

擦磨唇上凹凸不平的往事

"我会快乐的……瞧……这些可爱的家伙……"

她重复自己的话，口中拼命跳出一个

由快乐跌入快乐的过程

双手攥成一把锁，扣紧一个世界

她会快乐的，自然且松弛

像接过一杯烧开后迅速冷却的海水

脑子里空空荡荡

只听见海浪的哭喊

"我读过的诗不多……以为诗人

像我一样，是不需要交流的……

嗯……好像没什么可说了

——噢，在你之前，我还只喜欢海子"

雪人

分辨一片流亡已久的雪花最好的方式不是追寻，是彻底遗忘。而我正是这样一片终究要落入冰冷沉入泥泞的流亡者的嘴唇。

雪

从身后开始

覆盖

影子走在我前面

与我踩着同一双空白的脚印

我一丝不挂

——回转的目光

冻结成屋檐下逆生的冰凌

在死死钉入天上的月光里焚烧

光感十足的寒冷

生命唯一履行过的事

我只剩些半体面的灰烬供你消遣

博你粲然一笑

我清楚这一生，对你的理解

将无法超过对我自己的

我们仿佛两条平行的旋律

庄严，没有尽头

影子走在我前面

踏过生命的赤膊

它发现，我光感十足的身体

不会感觉到寒冷

不会感觉到拥有和失去……

一丝不挂的雪人

静默从身后开始覆盖

我哈了口气

生命被推进雾色的最里面

我更喜欢田野望向我二十岁的样子

人们说，他们喜欢到八十岁时

还能望向田野发呆

追忆往事

我说我不是那种人

我更喜欢田野望向我二十岁的样子

追忆当下的我

天空的出口
——致但丁、萨蒂

1. 天空之火

天空，天空

地狱的入口

昼夜往复

一众坚定的影像

如影像般

坚定着自己的存在

天空之上

天空

我的思绪

夹杂四季的混响

终是不成气候

还说别作诗人

作诗歌本身

生命便不值一提了

记忆中断的地方

天空

天空

中断地狱里的哀思

幸运的人往地狱里去

抛下圣洁的光

地狱入口人声嘈杂

"往地狱里去，往地狱里去"

幸运的人

在天空之上

随同一众坚定的影像

熔入湖蓝色的

天空之火

2. 火之跌坠

沉重的雨的烙印

是天空煅烧的铁水

我一饮而尽

还说别作诗人

作诗的荒野

所受嘉惩

只是在向往中生活

而没有希望[1]

1　《神曲·地狱篇》第四章："由于这两种缺失，并非由于其他的罪
　　过，我们就不能得救，我们所受的惩罚只是在向往中生活而没有
　　希望。"——但丁（田德望译）

幸运的人

从记忆中断的地方

往荒野里去

当初他们向前看得太远

如今向后看

倒退着漫游

捡拾过往的星群

"往荒野里去，往荒野里去"

我昏沉在入梦时

天空被切碎的声响

每一团火焰

罗列出一些美丽的东西 [2]

我的思绪

2　《神曲·地狱篇》第三十四章："我的向导和我开始顺着那条隐秘的道路返回光明的世界去；我们一会儿都不想休息，就向上攀登，他在前面我在后面，一直上到我从一个圆形的洞口见了天上罗列着的一些美丽的东西。"——但丁（田德望译）

凋零的拟南芥

伸向荒野深处……

湖蓝色的火焰

中断地狱里的哀思

往荒野里去

穿过深处的云海

和幸运的人

不透光的身体

光线在那里截断

昼夜受苦

3. 天空之上

天空之火的尾巴

显现光的陨石

地狱入口

一众坚定的影像

为坚定荒野的存在

往幸运里去

往苦痛里去

我昏沉在入梦时

在荒野深处

昏沉，昏沉

我的思绪的筏子

撑过天空的没与升

还说别作诗人

作粼粼云海俘获的躯壳

天空之上

过往的星群

溅落湖蓝色的火焰

"往幸运里去，往苦痛里去"

一些美丽的东西

静默如诗的荒野

——天空的出口

昼夜一目了然

一众坚定的影像

绕过荒野的雾霭

往生命里去，往诗里去

我在天空之上

入梦时记忆中断的地方

挑拨四季的火雨

超人组曲
——致尼采

1. 掘墓者的玫瑰

他身上也布满了刺

——但还没有看到一朵玫瑰[1]

清晨泥淖的鼾响

从他身后猛地关上的门狭溜走

掘墓者必先学会祭奠

他站立着

1　《查拉图斯特拉如是说》第二部："悬挂着丑陋的真理，他的猎物，而且浑身衣衫褴褛；他身上也布满了刺——但我还没有看到一朵玫瑰。"——尼采（孙周兴译）

脸上有风也有风声

当是追踪，噢，当是吧

——地面上目不转睛的斜视者

——群氓——掘墓者的理想爱人

他站立着

汗水浸透风声的脉搏

某种仪式感

某种应当被克服的东西过度尖叫

但他还没有看到一朵玫瑰

在他刺的心跳处

盛放淤积的血块

2. 吹笛者的沉默

吹笛者赶着群氓的足跟

往群山里去

他通晓最近的路途

和最远的云座——顶峰到顶峰

"so——si——re——fa"

他通晓笛音

通晓群氓鼓胀的午后一步步降落

落在笛身左侧的镶口

咽了气

好歌要有好回声；听完好歌当长久沉默[2]

----

2   《查拉图斯特拉如是说》第四部，尼采著（孙周兴译）。

群氓尚未找到趁手的乐器

为此，吹笛者独自绕向远方

绕过午后的旷野

一些被占据的时辰如涎水堵塞音孔

"mi——do——do——do"

吹笛者显露颤抖的喉头

群氓闻声赶来

3. 透明者的影子

一个长长的黄昏跛行到透明者面前[3]，掸去微末的力气

尔后倒立过来

3　《查拉图斯特拉如是说》第三部："一个长长的黄昏跛行到我面前，
　　一种极度疲劳、极度沉醉的悲哀，打着呵欠说话。"

参照每个相邻的昏黄的指尖继续赶路

透明者的影子风钻黄昏的井，舔舐新的伤口，新的溃烂，新的

透明井水里倒立着的黄昏的透明

除了比影子更长的双腿

透明者从不盗取自身以外的东西

掘洞，打滚，引吭高歌

塔兰泰拉残留的毒性踩着透明的舞步

流转黄昏深邃的指缝

流转啊，时间的流光倒入黄昏的谷底，那流血的飨食……

尔后黄昏倒立过来

继续赶路

手里拖着透明者剥落的影子

4. 溺水者的同情

溺水者沉溺在夜的如铅的目光

于是他下沉

在月光封锁的柔软气泡里

那片记忆之海

飞鱼越过海的皱纹

暗流摇晃着他

重负缓缓从溺水者身上滚落下来

他浮上灰蓝的海面

捕捞过往饥饿的船只

层层湿潮的空气推翻不规则的浪尖

波及了浅滩上的沙石与宁静

溺水者干渴难耐

他饮尽海水，窥视海底：

一个巨大的窟窿——巨大的黑暗

埋藏飞鱼闪着光泽的尸体

它静止了，柔和且明亮

像溺水者头顶的月光气泡

也跳跃，也飞翔

溺水者戳伤柔软的月光，弄伤自己

在枯涸的记忆之海

同情黑暗里

一只飞鱼的遭遇

5. 怕光者的试探

有群氓的地方就有光

光源在不远处闪烁，照亮群氓的归途

丛林深处

群氓从未涉足的地方

失明的湖泊偶尔掠过怕光者的猜度

他像乌鸦般衔着群氓的慌乱

四处游荡

一阵酸腐的气味于高处吸引了他

怕光者着手向上攀爬

却随藤蔓折断的声响

重重跌坠下来，粗厉地喘息

"他就要看清自己的样子了"

群氓在远离丛林的光滑陡坡下窃窃私语

"不会比光明更可怕"

怕光者不再回答，没入丛林之中

他是惯于夜行的人

受迷惑的精神的手指仍在试探

敲击着午夜最后的墙壁

一切沉睡之物，一切及时的死亡，正苏醒过来

祷告

大地不能凝视

不能视而不见地凝视

吻下去——严酷的唇

再美美享用月光贞洁的舌根

因为冷，人们指出一座银河教堂

穹顶青烟四起，吹打着火星

一粒粒痛苦是绝望的玩具

人们于游戏时分祷告

堆积不会死，堆积不炫耀

每一寺都如此炫耀

第
一
章

两个世界 [1]

空无一人，城市挤满沉默的废墟

高墙和远眺的灯塔屹立原处

注视着从陆地、海上以至晦暗

天空中升起的人性的种子

它们——向着善恶两端无限地生长

为逃之夭夭而摆脱了时间（净化自己）

为抢在时间以前吞没荧荧火焰

陷入密不透风的灼烧

迎新的钟声已第几次敲响

1　　发表于《人民日报海外版》2020年7月17日第05版。

我们空无一人般的存在？

就着战争、恶疾和冰与火古老的报复

想象一个世界摧毁另一个世界

仅仅为了挨过一次又一次殚残的黎明……

而此刻，怀疑、试探、恐惧

骑上被阉割的欢乐奔赴新的年代

像我们爬回我们，缩进龟裂的盾牌

文明和不文明的人都创造文明：

那是永恒的多数面对少数时的果决

那是永恒的少数面对多数时的孤注一掷

那是扣动扳机的手把着孩子的手瞄准死亡的额头

那是倒向两个世界之间最后弥留的喘息

这个世界没有错，当我们不再怀有另一个

当罗马、德黑兰、悉尼和圣约翰斯的大地

不再因死亡而感到震颤，因活着而平静

两个空间
——致安哲罗普洛斯

1. 悼词

我渴望成熟

我渴望回到以前

一切都是随机的

我的诗藏身最缓慢的洞穴里爬行

一个词丢进来

摔成衫板拼成的两肋

所有细碎之处

暗光填塞

衰竭

我只身逃出洞口，向内张望
更多怪物的舌
交出彼此的眼睛

噢，赛林
一切都是随机的
像个孩子伸手攥紧什么
再若无其事地抛弃
那样我便成熟了
那样我便能爬回到以前

——可惜
无论什么地方
我都不能念起那段墨绿色的悼词
噢，赛林，太可惜了

我在洞口生起火堆

缠斗的火星将可怕的怪物

逼退

燃耗我的青春

噢，赛林

你看见了吗？

一个词丢了回来

更多的眼睛

舌根

衫板

如今还有我的诗

比你更缓慢地落入火焰的掌心

噢，赛林

你念悼词的样子，我都看见了

2. 门

门——无限敞开着

死去的人给了当下整个宇宙的光照

我背靠无人浅滩

从身前往身后垦荒折旧的海

（破旧不堪

月光

一个公开的消息落下长长的背影）

大地赠予我睡眠

却不曾教我如何寻访梦呓的广袤森林

以裸露的脚踝和目力

丈量泥土到丛顶之间逡巡的日夜

我只能一手砍伐一手栽植，只能如此（为避开我，风把白头翁搓成几瓣……多自由……被当作风……）

平坦的———一阵向我过渡的风暴

经过时间的推移而有了重量

像巨大岩体于云端豁口处的艰难一跃

滋扰着本就凋敝离巢的光的羽翅

我是我唯一的落脚点

死亡在我的催逼下变得高贵[1]

再往前走，我的星座闲置下来

三三两两的人形退入人的模具

死去的人为我预留出一小块空地

在尚未标记的时间里挖掘

（风向调转）

1　《死刑判决》，布朗肖著（汪海译）。

我踏足大地泥泞的肩膀（纹丝不动）

没有敌人也要建立不朽的王国

我逃出森林

擦去死人留下的脚印

眼睁睁盯着一连串不起眼的反驳

因桀骜的歌声从蚂蚁蜷作蜗牛

我拾起一顶变形的皇冠戴在头上

我弄脏一把宝剑的剑鞘

我斩断爱人佩在腰间

待她如期醒来

"再往前走，世界也不过这么大"

她梦想着

盘结深远的发穗蔓出夜的森林

那里谷物已成熟

纷纷垂首

向远处空旷地带

探寻明日的缰辔跟马刺

3. 逾越

或许是从追逐一个人开始

我出现在歌声戛然而止的地方

频繁地

没有舞伴

没能在历史的反刍中

驳斥一条连蚂蚁都阻挡不了的红色警线

所有人都成为我潜在的逾越

所有人

当命运扑向两个极端

我和我唯一的落脚点

充满暴力、争斗

作最后一搏的时候

4. 得救

我从出生以前开始面对这个世界

我是这个世界入定的两个空间

我盛大的诗剧还未开场就已落幕

我的好心只够载平淡的天空一程

我是虔诚的舞者浑身扭动着一场葬礼

我已经死过了我要活着从墓地爬出来

我不怕把痛苦表现得像久违的快乐

我从形形散散的脸上撕毁我干瘪的皮肤

我在画面里和画面外共用一个粗鄙的手势

我请来乐队里最可靠的听众为我伴奏

我负责说话负责叹息负责欺骗

我说夜晚啊你快落下于是明天降临

我将幽暗的光线举过海的对面我快步走开

我点燃藤蔓织就的车队轧过红色矮墙

我清楚黎明的巨兽并不比我更渴望食物

我狠攥住枪声后迅速卧倒的行刑的子弹

我安静睡去等待衰老的四肢利于爬行

我走得太远太远像群星间一条沉默的老狗

我为原本年幼的我通缉后来的诗人

我割开风的巢穴孵化雨点密集的哀恸

我没完没了地问自己会不会害怕

我好像不能躲闪不能还击只能坚持遗忘着死

我准备缓口气跳下舞台重新做个默剧演员

我拨亮我的星球一个孩子爬过边缘的宇宙

我是不朽意志的浓浓雾色

我嵌入两个空间重合之处干渴的齿轮

我越过边境把头摁进帽子费力打着呼哨

我看见身后隐隐敞开的门里堆满悼词

我伸出一只苍白的手因为这世界得救

我伸出一只苍白的手因为这世界得救

我伸出一只苍白的手因为这世界得救

我笑我的一生不该只用一种方式拒绝我的单纯

阿尔乔姆
——写给一位生活在战争中的朋友

从前他常把烟灰拌进茶里

叫我分享他的喜悦。我说我不懂

安拉的语言，想必他能原谅

他有一把生锈的小刀，耍得不好

只是偶尔用来解剖橙子

跟火鸡，断认生活的虚无

我不在家的时候他拉大提琴

我在的时候，他放死亡金属

后来，他用大提琴演奏死亡金属

我们的关系一度难以维系

他把自己比作一块坚硬的石头

埋在大马士革永不竣工的废墟下面

不易察觉，不惧侵毁

如今，这块石头被丢弃在了德国

还是土耳其？一块演奏死亡金属的

石头——逃亡，背着历史的淤青

我在照片上见过他五岁的妹妹

他却向我描述尸体——越来越多

越来越重：游行，审判，佣军

绝望在瞬间的引爆……

"留下吧，"我说（他沉默了一会）

"像你这样的朋友不多了

可惜不会抽烟也不爱喝酒，"他说

阿尔乔姆临行时递给我半支烟

我吸了一口——吐出的怀念

远比呼入的离别深刻

在那段碌碌无为的假期以后

返俄的飞机上，我听见两个男人

兴奋地谈论着中东近来的局势

某种随心所欲的化学作用

在他们的喉咙里上下翻腾

像哑着鳄鱼的眼泪，不会因为

雅各和十字军的缺席而感到遗憾

那天，回到家中已是深夜

我穿过走廊，黑暗中推开狭小的房间

点灯——地上躺着一张

从门缝塞进来的粗糙信纸

背面画着一个人，没有完成

我在风起云落时看你

1

五月

阳光猜解着午后的

微风和爱情

我拾起伐木者的尖叫

一片草叶在我的背脊清醒得发烫

我的黑色琴匣

我的斑斓的鹿角躲进树荫里

你在抛光的天上

摇晃，摇晃

你抬左手会有风

换作右手

云都落了下来

我在风起云落时看你

看你轻捋散乱的头发

看你不知所措棕色的眼睛

这样看到夜深

你朝着天上乱指

黑暗中

点亮了满天星星

2

"我不想你一个人

如果我死了

你该多么孤独"

光透进来，不是月光

是护士站削尖的电灯

你闭目望着我，纯粹且美好

一双青的、紫的淤肿的脚

伸出浸血的被单微微战栗

胳膊裸露在袖管外面

密集的针孔飞向我苦涩的灵魂

那一刻，我不再确信

你就是你，我就是我

监护仪上数字和曲线的交媾

于你纤瘦的鼻息中跋涉

比疲惫更决绝的回溯

比决绝更疲惫的瞭望

将你我辨认——杳无音讯

你小巧而洁净的脸上

没有痛苦，没有停靠

没有飞掠的记忆从漫长的

以无尽的爱回报所有关爱我的人

目光重返回——哈里静光

黑人之死 [1]
——悼念乔治·弗洛伊德

你抵住我的脖子，杀死我

像玩弄一只垂死的蚂蚁那样享受我的死亡

因为我来自非洲，而你来自深渊和地狱

来自世间——人与人最初的杀戮

你用人性杀死人性的肉，舔舐人性的血

你的轻蔑加速我的毁灭，加剧力的重生

毋须向人性哀求，上帝也屈从它沉重的膝盖

我只是想到母亲，非洲的母亲

她黝黑的皮肤下蕴藏着远古的光与热

她曾将那光与热延续给我，为了呼吸，自由地呼吸

1　发表于《人民日报海外版》2020 年 7 月 17 日第 05 版。

而如今我已是一名死者，一具被爱的形象笼罩的尸体

——人们理应领受赴死的命运

但在这以前，我要控告正义，控告生命

控告人性与人性的相遇，正如我怎地渴望它们

为何我们是亚洲人欧洲人非洲人而不是自然的人？

社会，制度，肤色分批驯养着窝进天光的孩子

危险看似被剔除，生起比安逸更殷切的火种

像挣扎在萨尔特流大漩涡的水槽里的虫子：

"活啊！抓紧啊！否则就要掉下去！"

人类祖先或许在圈起第一块领地时就已懂得

人性是蹲在人心上摔跤的原虫

而声是声的静默

大人物的时代

一粒尘封着银河的玻璃弹子于一个笑嘻嘻的孩子手中有了复仇
的快感，不同于降维打击，不同于木星的一道目光

孩子只管游戏，无视规则和黄昏的戍边，只管做大人物非此不
可的大事聊以自慰

如果仓颉可以造字他就能把仓颉造出来，这是再清楚不过的
历史可以作证，可历史在历史的长河里淹死了

"也就那么大个水洼"

"以光速"

"唉……"

叹息给谁剪成了雅乐在多风的季节里扩散，一步一个乱世的
脚印

也死了

"死得其所，但缺少麦克白的个性！"

昏暗的土地怯生生地在江湖上行走，蹚过浑水沙流。孩子手中
的玻璃弹子早已寻不到洞，望不见对手，像泥海里失重的雕塑，
坍塌了整个大人物的时代

交谈

窗外

暴光的脸

没有伸张的欲望

远处一段或蓝色或灰色的海面

被两座宽耸的玻璃阻截

像冰冷的纸笺框住的句子死一般流淌

尔后，周围暗淡下去，海面消失

景观灯调亮了时代要我牢记的使命

五号塔吊的悬臂挥舞着夜

却无法伤及

悠长的月光只是悠长

我滑进去

没入夜的深海

像一只干巴巴的海马于静止中游泳

黑暗把月光捻细，拉长

莹白光丝上的诱饵

——我的孤独

单纯地享用发烫的身体

生命如何呈现给我我便如何辜负啊

高潮后的空虚是无欲的烟灰

但是——还没到说但是的时候天就亮了

教人害怕又兴奋得想哭

我没能改变任何事

只是本能地不肯保持事物原有的样子

本能地犯错

从一个孩子前往另一个

像束在疯人衣里的疯子灵魂出窍

然而哪一个更真实

同窗外重复播放的世界？

每一朵盛开的躯壳

因雨的堕落而成熟

一双双猩红躲闪的瞳孔爬满城市

沿着冰河期残留的痕迹极小声地欢呼：

"行走的人没有清白之身

——欲望的远征！"

人群的太阳那么大

那么刺眼

我消失在阳光里

以缄默的加速度攫取生命流经的范围

不可移动的

凝望

偶然地飞升，盘旋，铺开

缓缓推翻一本《草叶集》的重量

与清晨大地的胸口

锋利地颤抖

（只有空心的空才会为了两个世界的运转义无反顾地跳动下去）

我摊开双手，刚好做一只收纳灵魂的皮箱

远处或蓝色或灰色的潮涌

被一阵痛苦的热情打湿

爷爷

1

"雪落著，清明的寒光飘闪著"[1]

爷爷讲三打白骨精手中蒲扇抚过我儿时脸颊

乘凉火焰山下
天色暗如闭灯的斗室

我看不清爷爷的样子

1　《冬天里的春天》，周梦蝶。

妖怪吃人的时候，他在那边喊"孙大圣"！喊"筋斗云"！

我在这边喊"啊"！喊"哎呀"！

负下致命的一击

2

"雪落著，清明的寒光飘闪著"

我决意今夜飞出如来的掌心

抹不去推不开的小小睡梦

不肯托付五百转年轮

天竺太远

紧箍太无情

蒲扇贴在爷爷胸口

3

"雪落著,清明的寒光飘闪著"

那天胖娃用关羽把姜维骗去
他说一吕二赵三典韦,四关五马六张飞
姜维排行老九,白便宜我

长枪铁马,爷爷的二分铝镁合金……

我扫过烟牌上红红绿绿的小人
剩下的
比我还要渺小

4

"雪落著，清明的寒光飘闪著"

多年过去

伯约无人归还

我在心底画下折戟的英雄：

在贝加尔湖沉入冥想的夜空

在撒哈拉堆满荒芜的沙丘

在塔斯马尼亚牧人低吟的谣曲

在罗弗敦群岛邃寂空无的山顶

…………

我画下孙大圣、贝多芬、黑塞、但丁……反复涂抹着色过的回

忆在生命铺展开的巨大画布上结成痂

当我绕了一个圈

从伏尔加与奥卡交汇的梦中醒来

爷爷默不吭声

我看不清他的样子

时间踏过他佝偻的脊背

了却与生命最后的对峙

窗外

行人匆促

谁能告诉我

——该磕向哪一处东方？

5

"雪落著，清明的寒光飘闪著"

为你在直地把玩

我犋上紧韓

已经萎缩

我半剖开了重的苞芽节

文明

石块和石块的摩擦也应该使血汁滴出来。

——卢克莱修

当最后一艘三层桨帆船划离萨拉米斯海湾的尽头，水手仍看不到比拢靠在岸上的人看得更远的地方

…………

我放下百叶窗

昼夜如困兽撕开时空

人们伺机攫取什么，彻底地，于一页报纸的角落现出干瘪的愤
怒而我翻身压折那一页

我压折那一页。世间变幻

"尼米兹"号和"里根"号泅浮墨渍间狭长的坟墓，为迫近死亡
在日光下变换着色彩；P-8A、RC-12X、E-8C 象征和平的撞击
抹去几朵云的形状；飞行员把《圣经》按在导弹和雷达上，他们
坦言：人，生来背叛人类，阿门

（上帝缄默，如上帝一般）

一些人负有盛名
一些人负有那种盛名的罪
一些人在为承受那种盛名的罪的日光里——消遣，发出酥暖的
呻吟

星与星的关系只是一种心理状态

一群尚需自卫的动物

用石头、刺刀和氢铀弹续写文明的源起

．．．．．．．．．．．．

船身摇摇晃晃，啃食着信天翁的碇泊。水手不肯放松手中的武

器，像被平凡的一天释放的战俘

他们说他们自由了

四面都是海风

竭

当每个人竭力追寻幸福

不幸便不可避免了

母乳的馨香散布着吮吸者的噩耗

却无人知晓

它的、她的或他的冥顽的沥青

只够倾泻一粒沧海桑田

先知

诗人的狂喜是苦痛升往死灭前的狰狞

一切不可阻挡的静谧都孤立无援

盘古挥动利斧，虞君垂下弓弦

混沌。天真。开辟。生衍

无人清楚自己在凝望什么

无人投赴亘古的火把

那轻而清，重而浊之狂喜

那大量的天空和不规则的风

那叶脉川流，黄沙凋零……

诗人，那个先知

他予人间星辰，却无一朵小花为他而种

唯醒来复醒来。赤脚。无常

承认孤独自船身涨开甲板

日晒雨淋

历史的呼啸不过尔尔

诗人却步的疮痍于它暗蓝的血脉里奔突

悄然的掌印泄露鳍和鳞片

叫他进退两难

什么是谎言。什么是楔子

什么是风化的骨。什么是燧明的火流

什么是清澈的。什么是野草的图腾

什么是迁徙。什么是冷若冰霜

往昔的喙突停驻在诗人胸口搜刮

（大地为驱散其重量而隐遁）

因为飞翔

他击打天空

——没有一件值得打碎的东西

这是他打碎自己以后才明白的

像一片肺叶的剪除，使他呼吸困难

却不至沉沦，不至溺亡

不明方向的战栗

等待。不明方向的战栗

我看见年长的我

同我一样年轻，一样年迈

一样恪守着饱经风霜的喜悦

才有泪轻轻擦亮星辉

这个我，那个我

一生相聚无多的孩子跟白叟

壮年不过是磨折松香的马尾

在绷紧的弦身拖欠着大地的问候

我，从大多数日子

辨认余下的时辰

不曾听闻

双肩落寞的文明还剩几度航程

供我回返童年的黄昏

辉光扑面，挨紧死亡

我的目光——近乎残忍地推翻

覆盖，像永不知倦的海浪

拍打心跳的礁岩

万物皆生于此，屏息告别

我自深渊的涨潮和哭声

降至深渊的黎明

巨大苦难的翼已张开

死不悔改的第一次飞行

从这不曾属于的

回那不再属于的

恰好又金黄了秋天里的

第一片叶